DISCOVRS

CONTENANT

LA RENOVATION DES BAINS DE GREOVLX, LA composition des mineraux qui sont contenus en leur source, les vertus d'iceux, les effects qu'ils produisent dessus le corps humain, attestez par plusieurs belles experiences ; & l'vsage d'iceux.

PAR M. IAQVES FONTAINE *Conseiller & Medecin ordinaire du Roy, & premier Professeur en l'Vniuersité de Bourbon d'Aix.*

A AIX,
Par IEAN THOLOSAN, Imprimeur du Roy, & ordinaire de ladite ville. 1619.

AVANT-PROPOS
des Bains de Greoulx, auquel est contenu l'occasion de la renouation d'iceux.

CHAPITRE I.

ES remedes que l'on applique au corps humain pour le soulagement d'iceluy, sont faicts ou par l'art & industrie des hommes, comme sont tous ceux que les Apoticaires la plus-part spagiriques fabriquent : ou par la toute-puissance de Dieu sans aucun artifice humain, comme sont les Bains, & toutes eauës medicales, qui de leur vertu naturelle produisent des effects admirables:

A 2

Les Bains de Greoulx sont de ceste espece, & ont de grandes vertus depuis la creation du monde : mais comme toutes les choses sont subiectes à la vicissitude du temps, ces bains ayant esté autresfois en grande renommee, comme on peut remarquer par ce qui a esté treuué dans les ruynes d'iceux en les rebastissant de nouueau, ils estoient venus en telle decadence estant profanez, qu'ils ne seruoient plus qu'à ruyer le chanure, & à guerir quelque galeux ; maintenant par la liberalité de Madame Tonio de Glandeuez Dame du Broc & de Greoulx, & de Monsieur Honoré de Castellane sieur de Chaudon, ils ont esté donnez à nouueau bail, à Maistre Iean Carlet Chirurgien bien expert dudict lieu pour les

remettre & s'edifier, les ayant moy
descouuerts de nouueau par rencon-
tre & hazard m'en allant à Riez pour
visiter quelques malades, passant par
là ie sentis vne grande odeur de soul-
phre; esmerueillé de l'accident, ie
descendis de mon cheual pour voir
d'où elle venoit: Ie treuua que c'e-
stoit la fumee d'vn r'amas d'eau ou
d'vne fontaine descouuerte, en laquelle ie remarqua vn surgeon emperlé & tout plein d'vne substance
composee côme de perles: lesquelles venant en la superficie de l'eau se
fondoient en vne douce sauonette,
de laquelle ie lauis mes mains, & la
trouuis tres-amiable & remolliffan-
te; dont ie tira vn argumêt que ceste
eau profiteroit beaucoup aux con-
uulsions & endurcissemens des mem-

bres; à l'appaifement des douleurs :
& pour cet effect i'y enuoya quelques de malades de cefte forte, qui
en receurét grand profit. Dont comme i'ay eu toufiours vn ardant defir
de profiter au public, i'ay commencé de les mettre en reputation, & de
former le prefent efcript, pour l'hon-
neur de Dieu, vtilité de ma patrie, &
de tous ceux qui en receuront ayde &
fecours.

DE LA COMPOSITION DES
*mineraux qui donnent les vertus &
facultez aux eauës des Bains
de Greoulx.*

CHAP. II.

EN matiere de la cognoiffance
des remedes il y a deux moyés
d'y paruenir, pour fçauoir la

vertu qu'ils ont : l'vn procede de la raifon, commençant par le fenti-ment: l'autre par l'experiéce & effects qu'ils produifent deffus le corps hu-main. Quand au premier, l'ordre eft qu'en ces Bains on apperçoit qu'ils tiennent du foulfre; car ils ne fentent autre chofe que le foulfre. La chaleur qu'on apperçoit en iceux monftre qu'elle paffe par des mineraux allu-mez : Ores eft-il que le foulfre eft eftainct par la prefence de l'eau ; il faut doncques qu'auec le foulfre il y ait fin mineral qui foit inextingui-ble par l'eau. Tous ceux qui ont ef-crit de la chaleur actuelle des eauës, difent que le bitume allumé ne peut eftre eftainct par la froideur ny hu-midité des eauës : Il y a doncques neceffairement dedans ces Bains du

soulfre en abondance & du bitume.
On apperçoit aussi qu'en ces Bains il
y a du soulfre, parce que les chais-
nes d'argent & les anneaux qui sont
trempez en ceste eau se noircissent,
qui est le propre du soulfre ; comme du vif-argent de blanchir l'or.
Mais on void d'auantage sortir à
trauers de l'eau des petites bouteilles
en façon de perles, & quand elles sor-
tent sur la superficie de l'eau rendent
vne substance semblable au fauon
fondu, qui est extremement humide
& gluant, remollissant les membres
du corps. Quand on entre dedans le
Bain pour se baigner, ceste substance
perleuse occupe & s'attache à toute
la superficie du corps, & lors le corps
paroist tout emperlé, lesquelles perles
sont effacees par le maniement, & se

fondent

fondent en liqueur huileuse, comme graiſſe fonduë. La queſtion eſt d'où peut proceder ceſte ſubſtance? deuāt que de faire la preuue des eaues. I'auois touſiours conjecturé que c'eſtoit vn limõ, vne terre ou argile glutineuſe, liquide: laquelle enueloppāt & s'eſtendant deſſus la ſubſtance de l'eau repreſente la figure des perles brunes, pource que l'argille eſt de ceſte couleur, comme i'ay depuis veu. Pour en auoir plus grande aſſeurance, ie fis boüillir de l'eau des Bains dans vn grand pot de terre, & en retiray l'eſcume qu'elle rendoit en bouillant, c'eſtoit vne ſubſtance huilleuſe comme de graiſſe griſaſtre fonduë, laquelle eſtant iettee ſur la braiſe, iettoit vne fumee reſſentant la graiſſe bruſlee douce & amiable:

B

Ie la tins ſur vne aſſiette l'eſpace de
deux iours, ſans perdre ſa conſiſtence
rare, en fin elle s'eſpoiſſit, mais elle
ne perdit pas ſa molleſſe. Ie fus curieux de faire creuſer dans les Bains,
& de tirer de ceſte argile; i'en treuuay
de fort liquide, griſaſtre, obſcure, laquelle ſe rendit en argille graiſſeuſe.
Sur la ſuperficie de l'eau il paroiſt des
toilles d'airagnee, gluantes, qui ne
ſont autre choſe que la graiſſe de ceſte argille, ou bien la liqueur du bitume fondu, eſtenduë deſſus l'eau.
Quand aux autres ſubſtances qui
peuuent eſtre dans ces Bains; i'ay o-
pinion qu'il y a du nitre, mais en pe-
tite quantité; car l'ayant ſaicte bouïl-
lir & conſommer il reſte vn marc
aucunement blanchaſtre & rougea-
ſtre, qui eſt ſalé au gouſt; qui pour-

roit eftre ladite argille deffus dicte
bruflee : car fi les eaües douces eftant
du tout confommees par la violence
du feu, rendent vn marc falé ; à plus
forte raifon vne eau meflee auec la
fufdicte liqueur terreftre fe rendra
falee ; dont la preuue feroit douteufe
& equiuoque : pourtant ie fuis en
doubte fi auec le foulfre, le bitume
& l'argille fufdicte il y a du nitre
meflé ; non pour autre raifon princi-
palement que fes Bains ont grande
vertu de deffecher extremement les
vlceres, à quoy fert auffi le foulfre, &
en matiere des meflanges des mineraux qui font faictes dans la terre &
autres fubftances ; elles font prefque
incomprehenfibles à nous, ou c'eft
par legeres coniectures. Monfieur
Dauid docte Medecin d'Arles, bien

entendu en matiere des mineraux &
metaux, m'a dict sur ce propos qu'il
auoit veu à Thermonde prés Colo-
gne tirer d'vne mesme mine, & quasi
d'vne mesme terre, du soulfre, d'alun,
& du mitriol ; qui est vn grand argu-
ment pour dire que les eauës qui passent par telles mines ont diuersité de
vertus en elles, comme elles passent
par des mineraux naturellemét con-
fondus & meslez, que en vain on se
rompt le cerueau à les recognoistre,
sinon par les effects diuers qu'elles
produisent aux corps humains : Et si
on ne tire les conjectures, des raisons,
des experiences, & des effects desquels nous parlerons cy-apres. Pourtant ie descriray ce peu d'experience
que i'ay veu & preuué durant vingt-
cinq iours que i'ay demeuré aux

Bains, & qu'on m'a recité & faict
voir par des veritables attestations
des personnes notables, ausquelles
on pourra parler si on veut.

DES ATTESTATIONS ET
*tesmoignages des experiences qu'on a
faict des Bains de Greoulx.*

CHAP. III.

MONSIEVR Honnoré de
Castelane sieur de Chau-
don, goutteux à toute extre-
mité reçoit à present grand benefice
des eauës des bains, comme il dict
tout haut, & l'atteste. Il procede de
la façon, pour appaiser la douleur de
la goutte, quand il n'a moyen de
se baigner dans les Bains, il enuoye

querir de l'eau, la faict chauffer, &
puis s'en laue les parties goutteufes,
les douleurs s'appaifent à l'inftant, &
les parties demeurent ramollies &
debilitees l'efpace de quelques iours.
Si on dict que cefte debilité eft mau-
uaife, nous refpondons qu'eftant
goutteux il ne peut marcher par vne
plus grande debilité que produict
le lauement, plus longue, accompa-
gnee de douleurs, qui eft le tourment
principal qu'on fent aux gouttes:
pour tout le refte de douleurs qui
viennent des defluxions & catharres
fur les parties exterieures, les Bains
les gueriffent toutes, comme il ap-
pert par les atteftations veritables
que i'ay derriere moy. Ie fuis refolu
d'en defcrire quelques vnes des plus
notables maladies, non pas de la fa-

çon des Charlatans & faltin banque qui n'ont que d'atteftations croche-tees par mauuais artifice, parlant des gens de loingtain pays & incognus. Nous parlerons des gens de ce pays, lefquels on peut voir, & qui font vrayement gueris par la vertu que Dieu a donnee à ces Bains.

ET premierement d'vn nommé Anthoine Barlez de Greoulx, ayant la goutte fur vn pied, & vne grande douleur de reins & efpaules, s'eftans baigné dans les Bains de Greoulx l'efpace de dix iours fut entierement guery.

Monfieur André Garnier Lieute-nant de Iuge d'Alemagne, eftant at-tainct de grandes douleurs aux ef-paules, dont il ne fe pouuoit ayder des bras; s'eftát baigné aufdits Bains de Greoulx huict iours durant, a esté guery, le vingt-huictiesme iour de Iuin 1618.

Andre Reynaud Laboureur du lieu de Vinon, estant attaint de douleurs vniuerselles sur tout le corps, s'estant baigné l'espace de neuf iours dans les Bains de Greoulx reçeut entiere guarison, le neufiesme Iuin 1619.

Anthoine Lieutant marchand de Valenssolle, auoit vne douleur sur vn de ses bras, s'estans baigné ausdits Bains l'espace de sept iours fut guery entierement de sa douleur, l'annee 1618.

Iean Maunier de Greoulx ayant de grádes douleurs aux jambes auec de mauuaises vlceres par toutes les cuisses, s'estant baigné dans les suf-

dicts

dicts bains l'espace de douze iours le
mois d'Octobre mil six cens dix-
huict, fut entierement guery desdi-
ctes vlceres & douleurs, pour lesquelles guerir, les Bains de Greoulx sont
extrememenr propres par la vertu
desicatiue, laquelle prouient du
soulfre, du bithume & du nitre qu'on
presuppose.

Vn docte Espagnol, duquel i'ay
derriere moy l'attestation en Latin,
laquelle ne peut auoir rien de dou-
teux que la rodomontade de son
nom & surnom, se diltrant Dom Iean
Comes de Astra miranda, qui pour
toutes armes & bagages n'auoit
qu'vn sac sur son dos, & vne espee à
son costé, laquelle de son bout me-
naçoit le Ciel, penduë à double cre-
maillicre; qui estant hydropique &

C

farcy de plusieurs autres indispositions, il fut guery dans les eauës des Bains de Greoulx en l'espace de vnze iours, substanté & nourry durant qu'il a demeuré aux Bains, par la charité de Madame du Broc, & de Monsieur de Chaudon.

Esprit Gorde de Greoulx hydropique, le troisiesme d'Aoust 1617. commença de se baigner, & continua l'espace de douze iours, dont il fut entierement guery.

Vn nommé Regibaud de S. Martin de Broues hydropique, s'estant baigné dans les Bains de Greoulx l'espace de quinze iours, fut guery entierement par la vertu que Dieu a donné à ces eauës.

Les Medecins curieux demanderont par qu'elle vertu les Bains ont

la puissance de guerir les hydropiques commencez recentement , &
non pas confirmez ; car ceux-cy sont
incurables en toute façon , & par art,
& par nature. Ie respondray volon-
tiers à la façon que faict Aristote en
ses problemes ; est-ce point par la
vertu diuretique , par laquelle elles
tirent la matiere de l'hydropisie de-
hors , & de la façon les hydropiques
guerissent dans ces Bains : mais oster
les eauës du vétre n'est pas guerir l'y-
dropisie : car il ne faudroit autre remede que la parachentere & l'ou-
uerture du ventre, il faut dauantage
temperer , & guerir l'intemperie du
foye, qui est la cause de l'hydropisie.
Le soulfre ne peut pas ny aussi le
Bitume : car toutes les eauës chau-
des sont Bitumineuses, & toutesfois

toutes ne gueriſſent pas les hydropiques. Il faut dont checher vne
autre cauſe de la gueriſon d'icelle
qui tempere le foye, & le remette en
ſon eſtat, tant y a que leffect eſt, &
ſubſiſté reallemét, & ſe faut côtenter
en ce lieu de ſçauoir par experience
que les hydropiques commencez &
non point confirmez gueriſſent par
l'vſage de ces Bains, ſans ſe mettre en
peine curieuſement d'oú cela arriue:
car en vain on demáde raiſon où l'experience faict foy de l'effect, & dit
Ariſtote, toutes les choſes ne ſont
point demôſtrables, ſuffit en matiere
de gueriſon de voir la preuue par l'effect, & en d'autres choſes deſquelles
la vertu eſt occulte. Il y a vne eſpece
d'aimant qu'on appelle *Antipates*, qui
produict l'effect contraire à l'aimant:

car comme l'aimāt attire le fer, l'Antipates le repousse.

André Neuiere d'Alemagne est guery d'vne paralysie, s'estant baigné neuf iours ausdicts Bains de Greoulx. Maistre Matthieu Martin, tanneur de Marseille, estant attaint d'vne paralysie de langue, d'vn bras, & d'vne jambe, ayāt vsé des Bains de Greoulx deux années suiuantes, sçauoir 1618. que les Bains estoient à descouuert, & en ceste annee 1619. que les Bains sont à couuert, s'estant baigné en ma compagnie, a commencé de parler distinctement, & de remuer son bras en toute façon, & sa jambe; esperant (auec l'ayde de Dieu) par la continuation de l'vsage des mesmes Bains, de recouurer entierement la santé de ses membres.

Barthelemy Combe de sainct Pol,
ayant des grandes douleurs en toutes les joinctures de son corps, &
en commencement de paralysie,
ne pouuant bonnement mouuoir
iceux, ayant vsé de l'eau des Bains
de Greoulx neuf iours durant, a esté
guery.

Il est aisé de rendre raison de la
guerison de ces malades : car comme
ceste maladie depend d'vne defluxió
dessus les nerfs qui les ramollit & les
bousche ; il y a dedans ces Bains de-
quoy desseicher & desopiler les nerfs:
car le soulfre desseiche, & le bitume
dissipe ; & en ceste bouë par presup-
positió y a du nitre qui rend les mesmes effects ; joinct que ces eauës sont
diuretiques, & purgeantes les aquo-
sitez par les vrines. Au reste ces eauës

par experience fortifient grandemét
les parties du corps. I'en suis tesmoin,
que entrant dans iceux i'auois vne
debilité estrange en la vessie,& quel-
quesfois i'vrinois pour vne nuict vne
grande abondance d'vrine : quand
i'eus vsé trois ou quatre iours de
l'eau de ces Bains, elle fut arrestee
par le moyé d'icelles,& diray plus en
verité que ayant vne gráde hernie du
costé droict, en me trempant quatre
ou cinq heures du iour l'espace de
sept iours dans les Bains,elle fut tellement resserree qu'elle ne paroissoit
plus gueres, & pense que la continuation du remede l'eust presque
guerie, tant y-a qu'elle ne m'est plus
fascheuse.

Vne chose admirable arriue par
l'vn de ces Bains, que les dertres ou

herpes accommpagnées de crouste y
guerissent merueilleusement ; ce que
i'ay veu en vne fille de feu Monsieur
Bonardely de Riez , laquelle ayant
esté subiecte à vn dertre depuis les
trois ou quatre mois de son aage,
pour lequel guerir, on auoit employé
toutes sortes de remedes, elle arriua
aux Bains auec sa mere, elle vsoit des
bains trois ou quatre iours deuant
que ie partisse d'iceux, en ce peu de
temps il y auoit beaucoup d'amen-
dement en son dertre, & i'ay entendu depuis qu'elle est du tout
guerie.

Madamoiselle Honorade Men-
que, fille de Monsieur Menq de
sainct Pol , laquelle auoit vn dertre qui luy tenoit depuis le ventre
en haut ; à sçauoir poictrine, la fa-

ce, & le reste de la teste, & tous les bras iusques au bout des doigts, s'estans baignee dans les bains de Greoulx l'espace de huict iours elle a esté par la grace de Dieu guerie entierement.

Pareillement Arnoulx Francochou du lieu d'Alemagne, estant attainct d'vn dertre vniuersel par tout le corps, de façon qu'il ne pouuoit remuer ny bras ny jambes ; s'estant baigné neuf iours guerist parfaictement de son indisposition.

La guerison de ce mal est aisee à contempler par la composition des bains : car par le moyen de la bouë douce & amiable, ils sont ramollis & quant-&-quant dessechez : car combien que le ramollir & secher semblent operations di-

D

uerſes, on reſpond à ceſte difficulté
que auſſi en la boüe il y a diuers
medicaments qui ramolliſſent, &
les autres ſechent. Cela ſe void par
l'experiéce en l'application deſſus les
vlceres qui ſont eſtrangement bien
gueries en ces Bains, & aux membres retirez & ſechez, & quaſi en
conuulſion, qui reçoiuent vn mer-
ueilleux ramolliſſement par l'application d'iceux.

Vn Pere Capucin ayant receu vn
coup de lancette ſur vn nerf en le
ſaignant, auoit le bras en conuulſion
& retiré, en ſe baignant trois ou quatre iours durant dans les Bains, ſon
bras fut ramolly, & la conuulſion
guerie.

CHAP. IIII.

L'VSAGE des Bains de Greoulx (comme de tous les autres) consiste au boire des eaües, au tremper dans icelles, au lauement des membres, à la gousse de la teste & des autres membres. Quãd est du boire, ie ne sçay point par experience, ny par raison qu'ils soient fort purgatifs : car ie n'ay veu personne que en ayant beu soit esté purgé par le ventre, si ce n'est que en boiuant excessiuemẽt le corps feust irrité par la quantité de boire, & par consequent lasché ; ny en la composition sensible des Bains, n'y a point de

D 2.

ſubſtance qui aît la vertu de purger,
ou ce ſeroit le nitre, qui par vne conie
iecture equiuoque , on preſuppoſe
qu'il ſoit contenu dedans l'eau des
Bains : Auſſi par experience ils ſont
fort diuretiques , & font piſſer par-
aduanture par la meſme raiſon. Mon
opinion eſt que les eauës des Bains de
Greoulx paſſent par des mineraux,
leſquels ne ſont point encores en euidence, & par aduáture par le vitriol,
qui eſt la cauſe de leur vertu diuretique : mais quand ce ſeroit ce mineral
qui produiroit ceſt effect , il n'y eſt
pas en grande quantité, comme il ne
prduict pas grands effects, car les
eauës ne ſont point aigres. Le temps
& l'experience mettront en euidence
la totale compoſition d'iceux : car
par les effects on collige les ingre-

diens de la composition des medicaments, tant naturels que artificiels. Il est bien asseuré que ce sont des Bains doux & amiables sans aucune violence, de l'vsage desquels personne n'a iamais receu dommage : Tellement qu'il est veritable que s'ils ne font bien à ceux qui en vsent, ils ne reçoiuent point d'incōmodité de l'vsage d'iceux.

C'est la coustume de ceux qui gouuernent les Bains, de faire presque suer tous ceux qui se sont baignez. Cela est bon à ceux qui ont des maladies froides, auec douleur ou sans douleur, comme aux sciatiques, paralysies, & autres semblables : mais ceux qui ont leur sang & foye chaud n'ont pas besoin d'estre pressez à la sueur, principalemēt quand ils suent

racliement: eltant de tel naturel &
peu experimenté aux effects de ces
Bains. Ie fus fort debilité pour auoir
efté contrainct, par importunité de
fueur: Ie'ntris quatre fois dans le
Bain deuant que de pouuoir fuer,
m'efforçant de ce faire ie receus gráde alteration, & fus grandement debilité: Ie cherchois en moy la raifon
de cet effect pourquoy ie ne fuois
aux premiers iours que ie me baignis:
la caufe eftoit que la fubftance leni-
tiue & emplaftique de la bouë des
Bains auoit tellement boufché les pores de mon corps que quóy que ie
fuë librement & en grande quantité
fans aucune artifice, cefte fubftance
retenoit la fueur interieurement: le
figne que la fueur eftoit retenuë, fut
que durant ce temps mon poulx fut

fort esleué & ondeux, pource que le corps poussoit à l'accoustumee l'humeur laquelle ne pouuoit sortir pour l'empeschement desia dict , & ne commença à sortir que sur la cinquiesme fois que ie me baignis, & lors la violence de la chaleur exterieure surmontant l'empeschement ie sua auec telle debilité, que ie fus constrainct de quitter le baigner , & le suer à mon grand preiudice, excusable en cela par l'ignorance & priuatió d'experiéce inuincible : mais ie ne desire que personne se trópe : car les hommes sont fautiers, & (dict vn docte Personnage) que par les fautes qu'on commet au commencement de l'exercice des Arts , ils en sont affermis & asseurez en leurs operations.

Le temps que faut demeurer dedás

les Bains appartient auffi à l'vfage,
duquel il y peut auoir des regles ge-
neralles & communes ; mais les par-
ticulieres dependent du iugement
particulier du docte Medecin. Tant
y a qu'il vaut mieux exceder en iceluy que de faillir : car l'eau des Bains
eft fi douce en fon operation que l'in-
tereft de l'excez ne feroit pas beaucoup preiudiciable, mais le defaut
dagereux : car felon l'opinion d'Hy-
pocrate & des Medecins, ce qui refte apres les crifes & vuidanges du
corps, donnent occafion aux recidi-
ues. Les perfonnes debiles gueriffent
en plus long temps ; & comme faut
qu'ils entrent plus de fois, il eft ne-
ceffaire d'abreger le temps de la de-
meure ; à celle fin que l'on puiffe du-
rer iufques à l'entiere guerifon. Les

gens aagez font toufiours plus foibles, dont ils gueriffent en plus long temps, & en demeurant moins dans les Bains toutes les fois qu'ils y entrent : car des Bains (remedes naturels) il en eft comme des artificiels, en la guerifon defquels Hippocrate efcript que la nature (c'eft à dire la chaleur naturelle) guerift les maladies comme caufe principale ; & les remedes tant naturels queartificiels aydent la guerifon.

On peut demander en ce lieu en quel temps l'vfage des Bains eft meilleur. Generallement on vfe pluftoft des Bains l'Efté que en autre temps, pource que les pores du corps font plus ouuerts, & l'attraction des mauuaifes humeurs fe faict mieux, & auffi la diffipation : mais

E

ces Bains ont cela de propre, selon le rapport & experience de ceux qui en ont vsé, que en tout temps ils profitent pour la douceur & benignité de leur eau : mais en cela comme de toutes les autres choses il faut suiure le conseil des doctes & experimentez Medecins. On m'a rapporté beaucoup d'autres effects qu'ils ont produict, que ie n'ay point voulu mettre en mes escripts, sans en auoir plus ferme cognoissance, comme le ramollissement & dissipation des grandes tumeurs nées dessus le corps, comme des loupes, glandes, & autres. I'ay pensé estre bon & vtile de mettre ce peu que i'en sçay en euidence, à celle fin qu'on feust aduerty des profits & vtilitez qu'on peut rapporter d'iceux, succintement suiuant

ma couſtume d'eſcrire , & meilleur
pour ceux qui veulent guerir & deſi-
rent receuoir le bien que le Createur
du monde de ſa largeſſe a voulu
cómuniquer aux Bains de Greoulx ;
eſperant auec l'ayde de Dieu , apres
que l'experience m'aura faict plus
ſage de leurs vertus , d'en eſcrire plus
amplement , ſans penſer preiudicier
aux autres Bains que Dieu a creez au
monde , leſquels ſont autant de gra-
ces & benefices que Dieu a donné aux hommes pour leur ſanté ;
& comme toutes les drogues n'ont
pas vne meſme vertu ; auſſi tous les
Bains ne gueriſſent pas toutes maladies , mais quelques-vns quelques-
vnes.

FIN.